INSTITUT DE FRANCE

ACADÉMIE FRANÇAISE

DISCOURS

PRONONCÉS DANS LA SÉANCE PUBLIQUE

TENUE PAR

L'ACADÉMIE FRANÇAISE

POUR LA RÉCEPTION DE

M. LE VICOMTE F. DE CUREL

Le Jeudi 8 mai 1919.

PARIS

TYPOGRAPHIE DE FIRMIN-DIDOT ET Cie

IMPRIMEURS DE L'INSTITUT DE FRANCE, RUE JACOB, 56

M DCCCC XIX

INSTITUT DE FRANCE

ACADÉMIE FRANÇAISE

DISCOURS

PRONONCÉS DANS LA SÉANCE PUBLIQUE

TENUE PAR

L'ACADÉMIE FRANÇAISE

POUR LA RÉCEPTION DE

M. LE VICOMTE F. DE CUREL

Le Jeudi 8 mai 1919.

PARIS

TYPOGRAPHIE DE FIRMIN-DIDOT ET Cⁱᵉ

IMPRIMEURS DE L'INSTITUT DE FRANCE, RUE JACOB, 59

—

M D CCCC XIX

ACADÉMIE FRANÇAISE

M. le vicomte Fᴀɴçᴏɪs ᴅᴇ Cᴜʀᴇʟ ayant été élu par
l'Académie française à la place vacante par la mort
de M. Pᴀᴜʟ Hᴇʀᴠɪᴇᴜ, y est venu prendre séance le
8 mai 1919 et a prononcé le discours suivant :

Mᴇssɪᴇᴜʀs,

Le soir du jour où vous m'avez admis dans votre
compagnie, une femme d'esprit qui, évidemment, trouvait disproportionnée à mes mérites la grande bienveillance de votre accueil, me disait :

— J'ai lu, dans une de vos pièces, qu'un despote afri-
cain, faisant don à un explorateur français d'une pri-
sonnière farouche, s'écriait : « L'aventure m'amuse!...
Appareiller l'extrême civilisation avec la plus noire sauvagerie, cela ne se voit pas tous les jours! » Je me
demande, concluait la dame, si l'Académie, en appelant
à elle votre sauvagerie bien connue, ne s'est pas offert
un divertissement du même genre?

J'ai répondu sans hésiter que mon heureuse fortune s'expliquait d'une façon moins pittoresque, mais plus touchante, et je n'avais, pour m'en rendre compte, qu'à me reporter au sentiment qui m'a décidé à solliciter un honneur auquel mon existence retirée ne m'avait pas préparé.

Je suis de race lorraine. Mes ancêtres ont écouté Bossuet prêchant sous la nef de la cathédrale messine et, à mon tour, j'ai fait représenter mes œuvres sur des théâtres que Notre-Dame de Paris couvrait de son ombre. Cet échange intellectuel à travers les siècles entre ma grande et ma petite patrie, n'était-il pas intéressant à mettre en lumière à l'heure où le choc des armées s'accompagnait du conflit des cultures? On savait qu'en Lorraine la France régnait sur les cœurs. N'était-il pas bon d'établir qu'elle gouvernait également les esprits? Voilà le secret de mon ambition et celui de votre bienveillance. C'est le génie d'un peuple qui s'est héroïquement obstiné à parler français entre la Moselle et la Sarre, que vous accueillez dans ce palais des lettres françaises en m'en ouvrant les portes. Au nom de ce peuple autant qu'au mien, je vous remercie de tout cœur.

Puisque pour moi l'heure des échéances est en train de sonner, qu'il me soit permis d'évoquer le souvenir d'un homme sans la clairvoyance duquel je ne serais pas ici. Je n'avais pas été satisfait de mes premières tentatives littéraires. Un article de journal qui se moquait d'elles, me conseillait d'aborder le théâtre un vaudeville à la main. J'avais suivi le conseil, mais pas à la lettre; au lieu du vaudeville demandé, c'est le manuscrit de *l'Envers d'une Sainte* que je déposais chez les concierges des théâtres. Les directeurs, moins accueillants que les concierges, repoussaient mes cahiers avec horreur. Découragé sans être révolté, car il a toujours été facile de m'ouvrir les yeux sur mes défauts, j'étais sur le point de renoncer. Une suprême ressource me restait : envoyer à Antoine mes essais dramatiques. Je l'ai fait avec peu d'espoir, car on m'avait dépeint un Antoine prisonnier de l'École Naturaliste. Eh bien, ce prétendu prisonnier était l'esprit le plus indépendant que j'aie connu et s'il avait inscrit le mot libre sur le fronton de sa maison, ce n'était pas sans de bonnes raisons. L'histoire a été souvent racontée : trois pièces lui étaient parvenues sous trois noms d'auteurs, et lorsque, avec force compliments, il convoqua les trois élus pour convenir avec eux de l'interprétation de leurs œuvres, il se trouva en présence de celui qui, en ce moment, songe avec émotion à tout ce qu'il lui doit.

Paul Hervieu n'a pas eu besoin d'acclimatation pour respirer à l'aise sous le ciel parisien. Il était venu au monde à la lisière de ce bois de Boulogne où des saules transplantés pleurent la terre natale dans des lacs aux contours savants. Dès sa plus tendre enfance, parmi des arbres exotiques bien faits pour abriter un peuple de déracinés, au milieu de cette nature asservie, le petit Hervieu s'était habitué à voir s'étendre sur toute la création la loi de l'homme. Il montra plus tard qu'il ne s'y était pas résigné.

Cependant il poursuivait ses études, d'abord au lycée Bonaparte, puis au lycée Condorcet. Déjà se manifestait sa vocation littéraire. Ses camarades le surnommaient l'Hugolâtre. Est-ce au poète de la *Légende des Siècles*, au romancier des *Misérables*, au dramaturge d'*Hernani*, qu'alla tout d'abord l'admiration du jeune enthousiaste? A défaut de renseignements, on peut supposer que le futur auteur de *Peints par eux-mêmes* et de la *Course du Flambeau*, négligeant un peu le poète, se partageait entre le romancier et le dramaturge. Chose bonne à noter, car elle est un indice de sa tendance à l'observation, il ne fut pour commencer que publiciste. Il était en rhétorique lorsqu'il fonda un journal qui eut le sort de ces imprudentes petites feuilles, qui, par un hiver clément, font éclater la chaude enveloppe du bourgeon, et que le printemps ne verra jamais.

Sorti du collège, il s'inscrivit à l'École de Droit, où il ne fut pas un élève modèle, si, comme on l'affirme, le professeur, avant chaque leçon, avait coutume d'exprimer son mécontentement de ne pas le voir, par cette phrase lapidaire :

— Je ne me lasserai pas plus d'appeler Monsieur Hervieu qu'il ne se lassera de ne pas venir.

Sterne soutient que l'influence d'un nom de baptême est souveraine sur l'avenir de l'enfant qui en est gratifié et à l'appui de cette boutade, on peut alléguer que certains livres doivent plus à leurs titres qu'à leurs textes. Il faut se dire cela pour ne pas trouver paradoxale l'opinion d'après laquelle Hervieu parvint au sentiment d'implacable justice qui nous émeut si profondément dans ses œuvres, pour avoir passé par cette École dont il obtenait un titre, tout en n'y mettant jamais les pieds. Je préfère

me figurer que le futur auteur des *Tenailles* a été épris de
justice, longtemps avant qu'un professeur de chicane ten-
tât de lui enseigner les mille façons d'accommoder le
drt

Par contre, je suis porté à croire qu'en s'essayant dans
la carrière diplomatique, Hervieu se perfectionna dans
l'art d'imposer à sa nature passionnée le joug des bonnes
manières. Ce dont il faut surtout s'applaudir, c'est que,
trop maître de son imagination pour se plaire dans
'utopie, et trop loyal pour la cultiver sans l'aimer, il se
soit détourné de la politique, un instant abordée, pour se
consacrer désormais au métier d'écrivain.

Que d'ironie dans l'accouplement de ces mots : écrivain
et métier!... Être l'homme qui pendant le reste de son
existence prétendra en remontrer à ses contemporains et
leur tendra le miroir déformant de sa pensée en leur
disant : — Contemplez votre image et riez!... — Recon-
naissez vos traits et pleurez!... Mais, que je vous fasse
pleurer ou rire, il est bien entendu, n'est-ce pas? que
vous m'admirez! Décider qu'on sera montreur d'humanité,
professeur d'amour, d'orgueil, d'ambition, peut-être
aussi de luxure, comme d'autres se font avocats, ingé-
nieurs, négociants et réclamer comme supplément d'hono-
raires, la gloire!

Messieurs, lorsqu'on songe à ce que le choix d'une
profession de cette envergure, implique de naïve confiance
en soi, on a peine à se figurer que le futur auteur, devant
la feuille de papier blanc, qui sera la première page du
premier manuscrit, ne laisse pas tomber sa plume dans
un accès de découragement. En général, il persévère

parce qu'il est incapable de réflexion et il va grossir la légion des mauvais écrivains. S'il est un des privilégiés que la nature a formés pour être l'ornement du genre humain, il écrit sous l'impulsion d'une divine fantaisie. On a nié l'inspiration, mais quel nom donner à la folie de bondir dans les précipices, sans la certitude qu'on aura des ailes pour les franchir? L'inspiration, cette étourderie du génie, peut seule expliquer l'imprudence du néophyte. Plus tard, lorsque ayant atteint les plus hauts sommets, il regardera en arrière, il pâlira d'avoir été si téméraire.

Mais l'inspiration seule donne rarement la victoire. Si elle a des ailes, elle est aveugle et fait fausse route tant que l'expérience ne la guide pas. Si grand que soit le génie d'un homme, il est obligé de chercher sa voie et en remontant aux origines de la plupart des maîtres, on aperçoit leurs premiers livres oubliés dans la poussière, comme derrière le Petit Poucet on trouvait les cailloux semés le long du sentier.

Quelques-uns, cependant, sur le point d'aborder la périlleuse carrière, se recueillent. Il faudra, pour les décider, que la vie, en leur prodiguant ses leçons, leur apporte, non pas un vain désir de briller, ni même la sainte ambition de faire servir leur expérience au bien de la société, mais simplement le besoin d'extérioriser une accumulation d'idées et de sentiments trop riche pour être contenue. Ce sont les écrivains à formation lente, à vocation tardive, chez lesquels les hésitations du départ sont loin d'être un signe de timidité. Savoir, dans le domaine de l'action, c'est oser. Lorsqu'on a conscience de ne jamais écrire une ligne qui ne soit la traduction d'une épreuve personnelle, on se sent très fort. Ceux qui, avant d'être auteurs, ont été viveurs, dans un sens très noble qu'on devrait plus souvent accorder à ce mot, échappent presque complètement à l'apprentissage dans la médiocrité, et bien qu'ouvriers de la dernière heure, obtiennent le même salaire que les ouvriers tôt levés.

Hervieu, qui, dès le collège, se faisait journaliste, a été de ceux qui ne résistent pas aux premiers appels de l'inspiration, et son ardeur ne s'est pas ralentie pendant la période ingrate où parviennent aux oreilles du débutant des phrases telles que celle-ci : — C'est un excellent garçon, quel dommage qu'avec sa littérature, il se couvre de ridicule!..... Il les entendait ces réflexions si naturelles dans la bouche de ceux que n'embrase pas le feu sacré, et il n'en poursuivait pas moins son noviciat, d'abord avec le *Badaud de Paris*, puis le *Monde parisien*, deux feuilles dont il fut le fondateur et dont le premier numéro épuisa la sève. Enfin, parut un ouvrage plus digne de fixer l'attention : *Diogène le Chien*.

Ce petit essai, d'une ironie quelque peu laborieuse, son auteur le tenait en haute estime, sans doute parce que le débraillé et cynique philosophe était le porte-parole des instincts rigoureusement enchaînés de l'homme correct qu'était le récent diplomate. Lorsqu'il arrive à un de nos personnages de trahir nos secrets, fût-ce à notre insu, loin de lui en vouloir, nous le chérissons à proportion de ce qu'il est enfant terrible.

A la même époque, Hervieu donnait au *Gaulois* une série de chroniques réunies plus tard en un volume intitulé : *La Bêtise Parisienne*. Rapprochez ces trois titres :

Le Badaud de Paris, *Le Monde Parisien*, *La Bêtise Parisienne*. Paris à toutes sauces! et devant ce menu, Diogène, qui n'est pas snob, prête à Hervieu, qui ne se soucie pas de le devenir, son rire sarcastique.

La Bêtise Parisienne nous intéresse en nous révélant un Hervieu bien différent de celui que nous avons applaudi au théâtre, libre d'allure, jugeant les hommes avec une supériorité juvénile, d'un style tranchant, émaillé de jeux de mots qui, vingt ans après, ont dû troubler le repos de ses nuits. Parlant du tunnel sous la Manche, refusé par nos voisins, il énumère ce que, par cette voie dérobée, nous eussions pu expédier en Angleterre et ce qu'en retour l'Angleterre nous eût envoyé. L'échange ne lui paraissant pas avantageux, il conclut :

« Le jeu n'en valait pas la Channel. »

A condition de prononcer à la française, cela mérite évidemment un sourire indulgent, mais que nous sommes encore loin de la *Course du Flambeau*! Ailleurs, dénigrant le plaisir de la chasse, il déclare :

« Cet usage aurait dû tomber en désuétude à mesure du progrès de la civilisation, dans le pays où fleurissent les boucheries modèles, les boutiques de comestibles, et où les animaux les plus dangereux sont le rat d'égout, le dindon de basse-cour et le homard cru. »

Jugement d'un homme qui n'avait jamais pris ses jambes à son cou, ayant un gros sanglier à ses trousses.

Je sais pourtant qu'une fois, vers l'âge de quinze ans, il se mit en chasse dans un parc et ne rentra pas bredouille. Le tableau se composait d'un écureuil et d'un serin. Mai une petite cousine lui ayant remontré combien il est cruel de massacrer des créatures inoffensives, il jura de ne plus chasser de sa vie, et tint parole. Ce fut une bonne journée pour la littérature, car la chasse, en nous attribuant un rôle dans la tragédie qui se joue sans cesse entre bêtes herbivores et carnivores, nous procure de vifs plaisirs aux dépens des tragédies dans lesquelles nous faisons se heurter des acteurs de notre espèce..

J'ai souri tout à l'heure devant Hervieu enfant, lorsqu'il prenait contact avec la nature, à l'ombre des arbres civilisés du bois de Boulogne; mais voici qu'avec un beau livre, Hervieu prend sa revanche et me met en face d'une nature qui, en dépit des funiculaires et des palaces, conserve la rudesse des temps géologiques. L'*Alpe homicide* nous rend témoins des duels entre le touriste et la montagne, qui, triomphante, engloutit dans un sépulcre mouvant l'obstiné visiteur. Pour lui, le repos de la tombe n'existera qu'après de longues années, lorsque l'imperceptible descente du glacier déposera sur l'Alpe fleurie, le cadavre nomade effrayant de fraîcheur. Hervieu s'est rarement attardé à contempler des paysages. On le regrette en lisant ces pages tonifiées par le souffle pur des cimes neigeuses.

Jusqu'en 1891, Hervieu se livre à un travail acharné en écrivant un grand nombre de nouvelles dont les plus remarquées sont : *Les yeux verts et les yeux bleus, Deux plaisanteries, Le Flirt, L'Exorcisée* qui l'acheminent vers la maîtrise de son art. Mais il n'est pas de ces écrivains dont les œuvres de début n'ont d'autre mérite que celui de leur avoir appris à composer. Les premiers essais d'Hervieu s'élèvent au-dessus de ce modeste rôle. Certains

d'entre eux, s'ils avaient des contours plus nets, seraient
des chefs-d'œuvre, et il en est un dont l'histoire suffit à
établir la haute valeur. Je parle de l'*Inconnu*.

Hervieu l'avait porté à la *Revue des Deux Mondes* où
Brunetière qui lisait les manuscrits, se passionna pour
l'ouvrage du jeune romancier, et comme la direction hési-
tait à ratifier son jugement, il menaça de donner sa
démission de secrétaire si l'*Inconnu* n'était pas reçu.
L'enthousiasme du grand critique était-il fondé? Je le
crois. L'*Inconnu* nous raconte son passé. C'est un individu dont la tare mentale consiste à vouloir, en toute
circonstance, pénétrer jusqu'au cœur de la vérité, au
grand dommage de ses illusions. Joignez à cela que, dans
son esprit, un idéal démoli est immédiatement remplacé
par un autre, et vous devinerez sous quel amas de
ruines s'étouffe bientôt la raison du pauvre diable.
D'ailleurs sa logique, à laquelle on ne peut reprocher
que son infaillibilité, le préserve de nous apparaître
comme un fou vulgaire. A-t-il même l'esprit tant soit
peu dérangé? On se le demande avec une angoisse dont
Hamlet nous avait déjà fait ressentir le trouble. D'ordinaire, ceux qui décrivent des fous nous laissent l'impression qu'ils ont surtout fréquenté des sages. Sur ce
point, Hervieu se conforme à la règle, mais les sages ne
lui ont pas appris la sérénité! Écoutez Mirbeau parlant
de l'*Inconnu* :

« Livre étrange et superbe qui contient plus que du
talent, du mystère et de l'enfer, suivant une expression
de Dostoïewski. » Et plus loin il déclare : « J'affirme
qu'on n'a rien écrit de plus superbe sur la mort! »

Croire qu'Hervieu n'a pas souri devant l'absolu de ce
jugement serait faire injure à son esprit de justice. Il
était trop lettré pour ne pas se souvenir de fragments
qui soutiennent la comparaison. Par exemple le dialogue
d'Hamlet avec le fossoyeur sur la tombe d'Ophélie.

> — Pour quel homme creuses-tu ici?
> — Ce n'est pas pour un homme...
> — Alors pour quelle femme?
> — Pas pour une femme non plus.

Il se rappelait aussi en quels termes Bossuet tranchait
la question :

« C'est pour un je ne sais quoi qui n'a de nom dans
aucune langue. »

Mais ces sombres beautés ne doivent pas nous détour-
ner du morceau que leur préférait Mirbeau; car, indépen-
damment de sa valeur intrinsèque, il est un document
psychologique des plus suggestifs.

L'*Inconnu* tombe en léthargie et présente tous les symp-
tômes de la mort. Sa femme se précipite sur lui en pous-
sant quelques cris rapides comme des aboiements, et
l'embrasse, mais il sait bien que ses lèvres sèches et
contractées d'horreur n'effleurent pas sa peau. On lui
ferme les yeux et on procède aux apprêts funéraires. Je
vous laisse à penser s'il s'instruit. En même temps, il
croit, avec tout le monde, à sa propre mort et, constatant
que son dernier soupir lui a laissé une certaine dose de
sensibilité, il généralise le phénomène et s'apitoie sur le
sort des défunts. — « Non, vraiment, s'écrie-t-il, les
vivants négligent par trop les égards dus aux hôtes qui

les quittent! » et le voilà prodiguant de pieux conseils à ceux qui veilleront un mort :

« Asseyez-vous à son chevet, ne fermez pas ses yeux, ne couvrez pas son visage, car qui sait si les morts ne continuent pas d'entendre et ne voient pas? Parlez-lui comme si rien de grave ne lui était survenu, comme à une personne simplement alitée. Ne le traitez pas ainsi qu'une chose devant laquelle on peut tout dire. Pour convenir des horribles préparatifs, mettez-vous à l'écart; que quelqu'un l'occupe constamment, lui lise les poètes préférés, l'entretienne de projets en l'y associant. Les morts doivent se faire encore tant d'illusions!... »

Ah! Messieurs, que les pauvres vivants, alors même qu'ils ne croient plus aux antiques promesses, ont de peine à se persuader que l'âme ne leur survit pas! Mais cette étrange rêverie, en même temps qu'elle nous enseigne que le mysticisme perd beaucoup de gravité à ne pas rester religieux, nous apporte sur le caractère de celui qui l'a conçue des précisions qu'un fidèle témoin de sa vie résumait en ces termes :

« Qui, de sang-froid, pourrait lire ces lignes troublantes? Et comment ne pas frissonner en songeant que celui qui les a écrites s'apparentait par tant de points à son héros? On se demande quelle bizarre tension mentale, quelles réactions trop violentes sur un « moi » exagérément impressionnable, ont pu, en pleine jeunesse, lui suggérer un tel livre. On se dit que pour en avoir conçu l'idée, pour avoir élaboré certains épisodes, il faut avoir fait connaissance avec la vie d'une façon qui n'est point l'ordinaire. »

Si l'on s'en rapporte aux apparences, il ne semble pas,
Messieurs, que le jeune écrivain ait été particulièrement
maltraité par le destin. Un aimable vieillard qui, vers
l'époque où paraissait l'*Inconnu*, recevait Hervieu, pendant quelques mois d'été, dans sa villa de Saint-Germain,
me décrivait un compagnon plein de gaieté, d'une gaieté
même un peu bruyante lorsque, au retour de ses longues
promenades à bicyclette, il devisait avec de joyeux confrères. La vie avait donc pour lui quelques sourires et
s'il apprenait à la connaître d'une façon qui n'était pas
l'ordinaire, l'outrance émanait non pas d'elle mais de lui,
ce qui, pratiquement, revient au même, s'il est vrai que
notre félicité dépend bien moins des événements que du
caractère que nous leur opposons. La leçon que dégage
pour nous le témoin que je viens de citer, c'est qu'Hervieu était d'une sensibilité extrême. Telle aventure dont
se fût diverti le dilettantisme d'un Montaigne, le laissait
douloureusement meurtri. Un rien le froissait. En voici
un exemple : Après avoir achevé un drame dont il était
justement fier, il prévenait un ami que l'œuvre inédite lui
serait dédiée. Peu de temps après, par un mot malen-
contreux, ce même ami sous-entendait qu'il ne pensait
plus à l'honneur qui lui avait été promis. — « Alors, me
disait-il, j'ai vu passer dans le regard d'Hervieu une
détresse affreuse. Il était plus que peiné, plus que
blessé... C'était un écroulement... » On comprend que
celui dont le cœur saigne pour si peu ne se résigne pas à
croire que cette forme humaine dont le linceul dessine
les contours atteint à l'impassibilité d'un marbre.

Voilà donc l'auteur de l'*Inconnu* renseigné sur ce que

la vie peut nous apporter de joies ou de tristesses. Ses années d'apprentissage sont terminées. Il en rapporte mieux que des espérances : un nom déjà célèbre. Fort de son expérience, maître de son art, il donne coup sur coup ces chefs-d'œuvre : *Peints par eux-mêmes* et l'*Armature*.

J'admire profondément ces deux romans, et si mes préférences vont au premier, cela ne m'empêche pas de rendre au second la justice qui lui est due. Ils décrivent l'un et l'autre ce que l'on nomme le Monde, confrérie de désœuvrés, écume brillante et malsaine, qui flotte sur le bouillonnement d'une société laborieuse. Ouvrez *Peints par eux-mêmes*, et dès les premières pages les ignominies, les désastres et les crimes vous sont contés comme choses toutes simples par les personnages eux-mêmes, car vous lisez les lettres échangées entre les hôtes d'un château et les parents ou amis empêchés de participer à l'agréable villégiature. Quel art infini dans la façon de distribuer ces épîtres, de telle sorte que chacune offre le contraste le plus piquant avec celle qui la précède et prépare le coup de théâtre de celle qui la suivra! Quelle variété de ton, depuis la convoitise bestiale exprimée en termes choisis, jusqu'à la passion sans préjugés ni remords, que son emportement place au-dessus de toutes les sévérités!... Ce livre divertit en même temps qu'il attriste, il est poignant, cruel et charmant, il est habile et sincère, d'une sincérité qui va jusqu'à la confession, s'il faut en croire des gens bien renseignés qui, dans le peintre Guy Marfaux, reconnaissent Paul Hervieu.

C'est donc ce dernier qui parle, lorsque le premier

explique pourquoi, malgré ses modestes origines, il se
laît avec les marquis et les comtes, authentiques ou non,
de la société mondaine.

« Sur leurs visages je lis l'angoisse du jeune Spartiate
qu'une bête dévore sous sa robe et je t'assure que cette
lecture est de celles qui attachent au sujet. »

L'image est jolie, mais comme nous avons tous connu
des mondains dont le rire n'était pas une grimace de
douleur et dont aucun renard ne mordillait le sein, nous
restons un peu sceptiques et faisons bien, car Guy Marfaux
revient avec ce nouvel aveu : « J'aime le spectacle du
monde, parce que si vil et imparfait qu'il soit, je consi-
dère qu'il représente encore les résultats de civilisation
les plus perfectionnés jusqu'à nouvel ordre. »

Décidément Guy Marfaux s'humanise, et s'adressant à
son frère, il révèle pourquoi :

« Ta nature robuste n'est pas consciente des degrés de
féminisation auxquels peut atteindre la séduction des
femmes au-dessus de la femme proprement dite, que
chacune est elle-même. »

Ce qui, ramené à une forme plus familière, signifie que
de même qu'un estomac fatigué réclame une gelée de
viande dont une cuillerée lui apporte autant de nourri-
ture qu'en renferme tout un quartier de bœuf, de même
l'amant dont la tendresse surpasse l'appétit, satisfera, sans
lassitude, plus de curiosités avec une seule mondaine
qu'avec tout un lot de femelles prises dans ce qu'autrefois
on nommait la canaille.

Pour donner raison à mon interprétation culinaire,
Guy Marfaux poursuit en ces termes :

3

« Tâche d'imaginer quelle admirable amélioration du sexe, quel suprême de volaille féminine, peut être confectionné avec une qualité de femme dont le seul but, le seul rôle, la seule pensée est d'avoir à plaire et de vouloir incomparablement plaire. »

Évidemment, cette vision de suprême de volaille ferait venir l'eau à la bouche du moins friand, et on conçoit que Marfaux tienne à figurer au banquet où se consomme le mets divin. Ne soyez donc pas surpris si, dans les romans d'Hervieu, un des types les plus fréquents est celui du bourgeois qui cherche à s'implanter dans la haute société! Le ménage Vanault de Floche tient cet emploi dans *Peints par eux-mêmes*. *L'Armature* nous propose, en la personne d'Olivier Bréhant, une nouvelle incarnation de l'aspirant à la naturalisation mondaine. Sans peine on lui trouverait bon nombre de concurrents dans les œuvres d'Hervieu.

L'Armature est un grand livre. Les caractères sont vrais, l'émotion puissante. Quant à l'idée qui a fourni son titre à l'ouvrage, on doit tout au moins reprocher à l'auteur de n'avoir pas strictement défini le milieu social dans lequel on peut la tenir pour exacte.

Cette idée nous est soumise en ces termes :

« Pour soutenir la famille, pour contenir la Société, pour fournir à tout ce beau monde la rigoureuse tenue que vous lui voyez, il y a une armature en métal qui est faite de son argent. Là-dessus on dispose la garniture, l'ouvrage d'art, la maçonnerie, c'est-à-dire les devoirs, les principes, les sentiments, qui ne sont point la partie résistante, mais celle qui s'use, change à l'occasion et se rechange. L'armature est plus ou moins dissimulée, ordinairement tout à fait invisible; mais c'est elle qui empêche la dislocation quand surviennent les accrocs, les secousses, les tempêtes imprévues quand l'étoffe des sentiments se déchire et que se fend la devanture des devoirs et des grands principes. C'est seulement en ces circonstances-là et pour quelques instants que l'on peut parfois apercevoir dans le cœur de la Société, au centre des familles ou dans les deux parties d'un ménage, leur armature à nu. Mais vite on recouvre ça de sentiments neufs ou de principes d'occasion. On remplace les préjugés détériorés et les devoirs crevés. Et l'armature a supporté le tremblement. »

Messieurs, c'est l'honneur du monde dans lequel j'ai grandi qu'une pareille définition soit en désaccord avec ma propre expérience. Certes, je nierais l'évidence si je contestais la puissance de l'argent : il permet de goûter le bonheur sans appréhension du lendemain, il rafle tout ce qui, parmi les corps et les âmes, est à vendre, et procure la considération au plus juste prix; mais j'ai observé qu'il perd toute valeur dans les moments de grande joie ou de profond chagrin. J'ai vu se déchirer l'étoffe des sentiments, se fendre les devantures les mieux conditionnées, et au lieu de constater qu'une armature de métal était seule à empêcher les deux parties d'un ménage de se désunir, j'ai aperçu que des restes de scrupules, des lambeaux de principes et des ombres de souvenirs étaient le lien suprême des âmes orageuses.

Pendant les terribles années de la grande guerre les familles que frappaient à la fois la ruine et la mort, —

ces deux excellents moyens de perdre son argent, — ne
se sont pas effondrées. De jeunes hommes marchaient à
l'ennemi, sous une grêle de balles, sans espoir de retour;
ils ne connaissaient plus qu'un métal, celui qui, autour
d'eux, broyait les chairs, pourtant ils ne faiblissaient pas.
Une armature qui n'était pas d'argent, les soutenait
jusqu'au moment où ils tombaient la face au ciel.

Bâtir une théorie à la mesure d'un cas particulier et la
prendre pour universelle, est une faiblesse des plus
grands esprits. Hervieu a cédé à la tentation d'ajouter à
son roman une définition qui lui va comme un gant et un
titre qui le coiffe à ravir, si bien que l'œuvre dans son
ensemble est d'un ajustement parfait, à condition de ne
voir en elle que l'aventure du baron Saffre et non celle de
tous les rentiers de l'univers.

Celui qui venait de produire coup sur coup *Peints par
eux-mêmes* et *l'Armature* avait accompli un effort magni-
fique. D'où vient que, renonçant à un art où il était passé
maître, il se soit subitement tourné vers le théâtre? Le
problème ne me semble pas impossible à résoudre. Le
jeune auteur est séduit par le monde. Sur cet impur ter-
reau il voit la civilisation s'épanouir en floraisons fémi-
nines que seules il juge dignes d'être cueillies par le
raffiné qu'il est. Va-t-il se contenter de vivre en simples
rapports de courtoisie avec cette humanité privilégiée?
Les sourires aimables qui accueillent le romancier suffi-
ront-ils à calmer l'impatience de son âme que tourmente
une excessive émotivité? Non certes! Son caractère sus-
ceptible est altéré d'enthousiasmes plus démonstratifs. Il
faut que ses créations provoquent du délire, et voilà

pourquoi, désertant les obscurs feuillets du livre, elles iront s'exposer dans l'éblouissement de la rampe.

L'entreprise est redoutable, car le roman et le théâtre sont deux frères, je n'ose dire ennemis, tout au moins peu faits pour loger sous le même toit. Le roman se plaît dans l'analyse alors que le théâtre qui, sous l'inspiration d'un Shakespeare, fait tenir en trois heures de représentation l'existence entière d'un individu, est essentiellement un art de synthèse. Il faut être follement téméraire ou avoir conscience d'une supériorité rare pour ambitionner la gloire du dramaturge lorsque déjà l'on possède celle du romancier. Je m'extasie devant l'audace d'Hervieu, moi qui n'ai médité ma première pièce qu'après avoir perdu tout espoir d'être un brillant conteur. Mais celui qui devait écrire l'*Énigme* avait ses raisons profondes pour ne pas douter de soi-même.

Déjà il avait essayé ses forces d'abord avec *Point de lendemain*, dont le sujet était emprunté à Vivant Denon, puis avec une comédie en trois actes, *Les Paroles restent*, que, pour mon compte, je range parmi ses meilleures. Elle a le défaut, si c'en est un, d'être, en même temps qu'une pièce intéressante, une étude psychologique très poussée. « Dieu nous préserve de la psychologie au théâtre ! » écrivait un critique morigénant un de mes ouvrages. Au point de vue du succès immédiat il n'avait pas tort, je l'ai parfois appris à mes dépens, et le fait est qu'Hervieu ne rencontra pas avec *Les Paroles restent* l'enthousiasme à la poursuite duquel il s'était lancé. Je me reprocherais de ne pas épingler au dossier du fauteuil qui après avoir été le sien, devient le mien, une phrase où, pour la première fois, nos deux noms voisinent. On venait de représenter au Théâtre-Libre *Les Fossiles* et voici ce que décrétait Sarcey :

« M. de Curel n'a pas encore trouvé sa forme, mais rien ne nous dit qu'il ne la trouvera pas : je jurerais, au contraire, que M. Hervieu, l'auteur des *Paroles restent*, ne fera jamais de théâtre de sa vie... »

Il en a fait cependant, et j'ai tout lieu de croire que notre prophète ne lui a pas ménagé les applaudissements, pas plus qu'il n'a tenu rigueur à mes *Fossiles* devant lesquels il avait d'abord froncé le sourcil. Et vraiment l'illustre critique aimait bien trop le théâtre pour ne pas se rallier au nouvel auteur dramatique dont les œuvres allaient désormais occuper, presque sans interruption, notre première scène.

Ces œuvres, nous pouvions, Messieurs, prévoir quelle en serait la tendance générale depuis que Guy Marfaux nous avait mis au courant de ses goûts. La femme, et principalement « la créature de luxe qui n'a d'autre occupation que celle de plaire » n'a pas, dans notre état social, une indépendance comparable à celle de l'homme. Si elle a cessé d'être la bête de somme que son sauvage compagnon avait fait d'elle au sein de la forêt primitive, elle est restée soumise au droit du plus fort et cela révoltait le cœur généreux de l'écrivain. La révolte, oui, voilà le sentiment qui le mène et avec elle un passionné désir de contribuer à l'établissement d'un régime plus équitable entre les époux. Cela se traduit par de précieux conseils : — « Consultez bien votre cœur. Soyez certain que l'élan qui vous emporte est le vrai, l'invincible amour,

c'est-à-dire un état de noblesse dans lequel l'âme parle
plus haut que les appétits... » Rien à répondre à cela, si
le vrai, l'invincible amour était facile à distinguer des
inclinations passagères. Du moins, sommes-nous certains
qu'il existe? Hervieu prétend que oui, mais une voix
d'outre-tombe lui donne un spirituel démenti : — « Le
véritable amour est comme les esprits dont on parle sans
en avoir vu... » Il est évidemment un peu délicat de fonder
sur la croyance aux fées, un plan de réforme de l'humanité. Hervieu n'a pas reculé devant les hasards de l'entreprise quand, au sein d'une commission législative, il a
insisté pour inscrire dans le code, à l'article mariage, le
devoir de s'aimer l'un l'autre. Heureusement, aux heures
de recueillement où il travaillait à ses drames, il a compris
que son projet risquait d'établir une tyrannie pire que
celle qu'il rêvait d'abolir, et il s'est borné à recommander
aux époux l'indulgence et le pardon. Et c'est alors qu'il
travaillait à l'avènement de son idéal d'une façon bien plus
efficace qu'en prônant la poursuite illusoire de l'amour
parfait; car l'amitié conjugale qui succède aux premiers
transports ne serait-elle pas « cet état de noblesse dans
lequel l'âme parle plus haut que les appétits » dont il
nous vantait la douceur?

Remarquez-le, Messieurs, Hervieu romancier se diver-
tissait à peindre ses contemporains sans prétendre les
convertir, mais il devient auteur dramatique, et le voilà
moraliste. C'est que le romancier ignore son lecteur et ne
communique directement son œuvre qu'à lui-même. Or,
vous l'avouerez, on est plus porté à corriger les autres
que soi-même. Rien n'aide à se découvrir une âme

d'apôtre comme de se trouver face à face avec la multitude. Construisez une chaire ou une tribune et aussitôt un réformateur du genre humain viendra s'y époumoner. Clouez sur des tréteaux le plancher d'une scène et un dramaturge y fera jouer une pièce à thèse.

J'ai à peine prononcé ce mot que le souvenir de Dumas fils vous vient à l'esprit et, en effet, il y a entre Hervieu et Dumas des analogies certaines, non pas que le premier s'inspire du second, mais parce qu'ils appartiennent l'un et l'autre à la même famille sentimentale et que les problèmes posés par l'opposition des sexes les tourmentent l'un et l'autre ; seulement combien sont différentes leurs façons de les aborder ! Dumas soutient une thèse définie avec tant de précision qu'elle en devient un théorème préservé de la rigidité géométrique par un fourmillement de reparties spirituelles et de vibrants paradoxes. Hervieu place le spectateur devant une succession de faits enchaînés suivant une logique tellement rigoureuse qu'une conclusion inévitable s'en dégage. Plus de remède prescrit par un savant docteur ; au public est laissé le soin de formuler l'ordonnance. L'opération est exécutée avec une si belle dextérité que l'auteur des *Tenailles* et de la *Loi de l'homme* peut prétendre en toute bonne foi qu'il n'a jamais écrit de pièce à thèse. Oui, mais en le croyant, il est dupe de sa propre adresse et voici pourquoi :

Nous autres dramaturges nous partageons avec les romanciers le merveilleux pouvoir de forger à notre guise la matière infiniment malléable des épisodes. Si je suis gêné qu'un de mes personnages soit militaire, j'en

fais un abbé... Si sa présence à Paris me cause des diffi-
cultés, je l'expédie à Rome... Je le marie, je lui fais des
enfants, je le déshonore, je le réhabilite, je le rends veuf,
selon le caprice de mon imagination. Oui, la reine des
batailles, au théâtre, c'est l'imagination ! Aussi que
d'audaces qui ne nous coûtent qu'une goutte d'encre !
Lorsqu'on est maître de toutes les possibilités, n'importe
quelle entreprise devient un jeu. Jeu sans danger tant
que nous n'avons d'autre ambition que celle d'intéresser
et d'émouvoir ; mais si, par-dessus le marché, nous dési-
rons imposer une idée soigneusement enrobée dans
l'action, il faut craindre qu'un ingénieux apprêt des faits
ne précipite le drame vers l'artificiel. Le coup de pouce
donné à la réalité pour qu'elle prouve quelque chose,
c'est l'équivalent de la thèse trop systématiquement
défendue.

Vous apercevez à présent pourquoi Hervieu refusait
un honneur auquel il avait droit lorsqu'il se déniait toute
parenté spirituelle avec Dumas. Désireux de contribuer
au bonheur du genre humain, ils en ont, l'un et l'autre,
modifié le véritable aspect de la façon qui favorisait le
mieux leurs desseins : Dumas soumettant la nature aux
exigences de son art, Hervieu donnant au sien la nature
pour complice. Lui qui doit savoir que les deux sexes
sont également soumis aux lois de l'instinct, n'hésite pas
à délivrer de la rude impartialité des choses le sexe dont
il s'est constitué le vengeur. Alors que ses personnages
masculins sont odieux avec acharnement, il présente les
femmes comme de charmantes épaves ballottées par
l'indomptable flot des passions. Cette Vénus qui violen-

tait Phèdre est seule responsable des fautes dont elles font l'aveu avec une candeur devant laquelle j'ai peine à ne pas m'écrier avec la fiancée de Figaro : — Ah! Madame, c'est là que je vois combien l'usage du grand monde donne d'aisance aux dames comme il faut pour mentir sans qu'il y paraisse... Mais en disant cela je trahirais les intentions d'Hervieu. La dame comme il faut de ses pièces ne ment que pour sauver sa vie, sans la moindre joie, sans la moindre verve. Ce n'est pas elle qui tromperait son époux en artiste! Elle a plutôt l'air d'accomplir un devoir. Et pourquoi pas?... Obéir à l'instinct, n'est-ce pas obéir au maître du monde? L'auteur de l'*Énigme* se plaisait à croire que l'instinct jouait dans ses drames le rôle de la fatalité antique. Cela serait plus complètement vrai s'il n'avait pas dénoué le bandeau qui rendait la fatalité aveugle. Le destin qui conduit ces quatre drames : *Les Tenailles, La loi de l'homme, l'Énigme* et *le Dédale* est d'une clairvoyance extrème qui lui permet de voler au secours de la plus faible avant que le mâle brutal n'ait eu le temps de l'étrangler. Mais le dévouement insolite de l'inexorable fatalité à une œuvre de justice n'empêche pas que les drames en question ne comptent parmi les plus beaux du théâtre contemporain. Si on en poussait la morale aussi loin que l'exigerait la logique, on aboutirait à une anarchie que ne souhaitait certainement pas la ferme raison d'Hervieu. Je crois qu'il a voulu nous faire aimer ses généreux rêves, sans prétendre nous dissimuler qu'ils étaient des rêves, avec l'espoir que nous serions simplement meilleurs pour les avoir connus.

Après avoir plaidé la cause de la plus faible, établi le droit à l'amour, réconcilié l'âme avec l'instinct, après avoir tenté d'introduire plus de dignité dans les rapports des sexes, Hervieu, dont un constant esprit de justice ne cessait de guider la pensée, se demanda, sans doute, à quels deshérités il allait apporter l'appui de son talent. Je vous citais tout à l'heure un trait qui prouve à quel point il était exigeant en fait de reconnaissance, et il en avait le droit, car il était la bonté même. Un ami lui demandait un jour de chercher dans ses archives quelques lettres d'hommes célèbres pour un collectionneur d'autographes. Le lendemain, Hervieu lui disait : — «J'ai passé une partie de la nuit à fouiller dans mes papiers et il m'a été impossible de découvrir une lettre qui ne demandât un service ou ne remerciât d'un service rendu... » Mais s'il répandait à pleines mains les bienfaits, rien ne l'irritait au plus haut point que de les voir méconnus; non qu'il tînt un compte de doit et avoir lui permettant de porter à son crédit un solde de bons procédés, mais parce que toute injustice l'indignait et que l'ingratitude est la forme la plus répugnante de l'injustice. Ayant donc pour l'ingratitude un profond mépris et porté à la démasquer partout où il la rencontrait, son attention devait être fortement appelée sur ce qui, à première vue, paraît être un mal chronique de l'humanité, l'ingratitude des enfants à l'égard des parents.

N'en doutez pas, ce fut un sentiment de colère qui lui fit concevoir le projet du drame qui devait être son chef-d'œuvre. Mais à la réflexion, la colère céda bientôt la place à une conception plus sereine de la réalité. Et en

effet, l'enfant n'est pas une créature indépendante que le
hasard met sous la protection de ses père et mère; il est
un être qui les continue. Il n'a pas reçu d'eux la vie comme
un cadeau; sa vie, c'est la leur qui se prolonge. Loin
d'être leur débiteur, il est celui qui réalisera leurs espérances lorsqu'ils ne seront plus. Son apparent égoïsme
n'est pas un défaut de reconnaissance, il est une attitude
que lui impose la nature en lui tournant le visage vers
l'avenir. La source se donne toute au ruisseau qui s'en
va, sautillant et babillard, mariant ses eaux à l'écume des
cascades, puis, devenu fleuve, recevant dans son lit les
ondes claires des jolies rivières. Ce fleuve est-il ingrat
parce qu'il ne remontera jamais vers sa mère la source?
Eh non, puisqu'il emporte un peu d'elle vers l'infini des
mers! A mesure qu'Hervieu avançait dans sa tâche, cette
idée le séduisait par son évidence, et il fit appel, pour la
rendre sensible, à une admirable image, qu'un vieil uni-
versitaire nous présente en ces termes :

« Vous n'avez, sans doute, jamais entendu parler des
« lampadophories »? Voici ce que c'était : pour cette
solennité, des citoyens s'espaçaient, formant une sorte
de chaîne, dans Athènes. Le premier allumait un flambeau
à l'autel, courait le transmettre à un second, qui le trans-
mettait à un troisième, et ainsi, de main en main. Chaque
concurrent courait, sans un regard en arrière, n'ayant
pour but que de préserver la flamme qu'il allait pourtant
remettre aussitôt à un autre. Et alors, dessaisi, arrêté,
ne voyant plus qu'au loin la fuite de l'étoilement sacré, il
l'escortait du moins par les yeux, de toute son anxiété
impuissante, de tous ses vœux superflus. On a reconnu

dans cette Course du Flambeau l'image même des géné-
rations de la vie ; ce n'est pas moi, ce sont mes très
anciens amis, Platon et le bon poète Lucrèce. »

Messieurs, en écrivant ces lignes, Hervieu résumait
toute la philosophie de sa pièce et il n'avait plus qu'à en
conduire l'action vers un dénouement très cruel puisque
la phrase finale du drame est celle-ci : — Pour ma fille,
j'ai tué ma mère!... Eh bien, en dépit des mots, ce meurtre
n'est pas un assassinat, et nous y assistons sans révolte,
parce que l'auteur a réussi à nous faire comprendre qu'en
présence du cadavre la nature ne se voile pas la face.
Des cadavres de mères! La création en est jonchée... Que
de papillons, que d'insectes n'ont plus qu'à mourir aussitôt que le devoir maternel est accompli!... Leur droit
d'exister cesse dès que la progéniture est assurée... Et si
les animaux dont la conformation se rapproche de la
nôtre sont moins exclusivement esclaves de leur fécondité,
cependant l'héroïsme des timides femelles qui bravent la
mort pour sauver le nourrisson, est un acte de soumission
à l'universelle tyrannie du petit.

Est-ce à dire que les personnages d'Hervieu soient dans
l'absolue vérité en acceptant la domination de l'instinct
avec une passivité presque animale? Je ne le pense pas.
Si la détresse d'une victime des fatalités de la chair est
parfois admirable à contempler, je sais un spectacle
encore plus sublime, celui de l'intelligence humaine
essayant de s'affranchir des tares originelles et de substituer le choix volontaire au désir obligatoire. Je me
représente nos farouches ancêtres, ceux qui combattaient
l'ours des cavernes, livrant des batailles encore plus

tragiques contre l'animalité intérieure. Je m'imagine ce que leurs ébauches d'âmes ont dû remporter d'obscures victoires pour que je sois devenu capable, moi, leur héritier, de m'écrier devant une résolution à prendre : — Qu'on m'apporte une raison, et ensuite je verrai !... Eh bien, ces demi-brutes qui, pendant des milliers d'années, ont travaillé à enrichir notre race de sentiments nouveaux, lui ont légué l'amour filial qui, péniblement greffé sur une souche grossière, reste une plante délicate, aisément étouffée par les vigoureux rejets du toc primitif. Moïse en avait conscience lorsqu'il inscrivait dans le décalogue le devoir de l'enfant : « Honore ton père et ta mère, afin que tes jours se prolongent. » Remarquez sa précaution de promettre une récompense pour cet extra que la nature n'a pas prévu, mais que cependant elle adopte franchement, car il n'est pas douteux qu'Antigone guidant son père aveugle, ne nous paraisse autant, sinon plus réelle, que Sabine insensible à la mort de sa mère. C'est avec le souci de refléter ce double aspect des sentiments filiaux que l'auteur du *Roi Lear*, lorsqu'il met sur la scène deux filles ingrates, leur oppose l'exquise Cordelia, si pénétrée d'affection pour son père, qu'ingénument elle oublie de faire valoir une tendresse qu'elle juge inséparable de son âme. Dans *la Course du Flambeau,* Hervieu dont l'art est essentiellement simplificateur, s'est borné à rattacher une cruelle survivance de l'humanité naissante à la loi d'airain qui régit l'ensemble des espèces, et parce qu'il a magistralement accompli cette lourde tâche, son œuvre restera parmi les plus belles du théâtre français.

Cette pièce marque dans la carrière d'Hervieu l'avènement d'un art plus profondément original et presque complètement affranchi des préoccupations moralisatrices du début. *Théroigne de Méricourt* est une figure symbolique personnifiant la révolution avec une grandeur épique et cette vivante apparition du passé se détache plus frémissante encore sur le fond nuageux des appréhensions de l'heure présente. *Connais-toi* est, à mon sens, l'égale de *la Course du Flambeau*. Dans ce beau drame nous retrouvons vraiment l'antique fatalité, non plus sous le déguisement de l'instinct, mais telle que la concevaient les anciens, et cette fois le bandeau qui lui couvrait les yeux au temps d'Œdipe ne s'est pas relâché.

Dans le *Réveil*, Thérèse de Mégée aime le prince Jean, et en apprenant qu'on vient de l'assassiner elle est sur le point de succomber à sa douleur. Cependant le soir même, le prince Jean, qu'on avait fait passer pour mort et qui ne s'est jamais mieux porté, la trouve en toilette de soirée et partant pour le bal. Tout cela est un peu mélodramatique, mais très poignant, et ne pensez-vous pas que le prince, à la vue de Thérèse qui se prépare à le pleurer en joyeuse compagnie, doit éprouver les mêmes sensations que l'*Inconnu*, laissé pour mort sur son lit, lorsque le visage de sa femme se penche sur le sien avec une grimace de dégoût?...

Les louanges sont pour l'écrivain un encouragement salutaire, mais qui n'est pas toujours sans danger. Ainsi chaque fois qu'une pièce apporte au public des émotions d'une qualité supérieure il se trouve deux ou trois critiques pour la proclamer tragédie moderne. Ce qualifi-

catif généreusement prodigué aux pièces d'Hervieu lui
plaisait par la sorte d'aristocratie qu'il conférait à son
œuvre et de même qu'il soignait sa mise avant de se rendre
dans les réunions du grand monde, de même il embellit
son style et lui donna le ton du plus noble des genres littéraires. Le résultat ne fut pas complètement heureux.
Lorsqu'on se résigne à écrire en prose, il faut rechercher
avant tout le naturel et la simplicité. Un enfant de trois
ans, qu'on venait d'habiller de neuf, disait de lui-même :
— Il est beau, mais ça le gêne!... Parole que les grands
stylistes ne sauraient trop méditer. Pascal trouvait moyen
d'être à la fois sublime et familier. Avec de petits mots,
nos classiques fabriquaient de grandes idées. Nous voyons
que la postérité réserve son meilleur accueil à ceux qui
viennent à elle dans leur costume de tous les jours, voire
même dans un aimable négligé.

Mais si je prétendais d'une forme trop apprêtée, tirer
un sombre pronostic pour l'avenir du théâtre d'Hervieu,
le public de nos jours, qui ne lui a jamais marchandé une
attention respectueuse, me donnerait un éclatant démenti :
l'auteur de la *Course du Flambeau* a obtenu pleine justice, et pour la grandeur de ses conceptions scéniques et
pour la belle ordonnance de sa vie. Dans toutes les
assemblées où les lettres sont en honneur, il occupait le
premier rang avec une autorité devant laquelle ses
confrères s'inclinaient d'autant plus volontiers, que son
goût pour les honneurs et les distinctions mondaines était
équilibré par un sentiment profond de ses devoirs de
chef.

Mais je ne m'attarderai pas plus longtemps à peindre

l'élévation et la droiture de ce caractère que deux d'entre vous, Messieurs, ont célébré ici-même dans une circonstance toute récente. Ils m'ont rendu un service dont je les remercie, en me préservant du ridicule de présenter à des gens qui l'ont beaucoup connu un homme auquel je n'ai eu l'occasion de parler que deux ou trois fois.

Messieurs, il est un flambeau qu'allume le génie et dont la flamme résisterait à l'emportement du coureur le plus agile. Il ne vole pas de main en main. Il reste planté sur une tombe pour éclairer l'humanité. Ce flambeau, échappé de la main défaillante d'Hervieu, j'ai essayé de vous le montrer, projetant ses glorieux rayons pendant de longues années et peut-être des siècles.

RÉPONSE

DE

M. ÉMILE BOUTROUX

DIRECTEUR DE L'ACADÉMIE FRANÇAISE

AU DISCOURS

DE

M. LE VICOMTE F. DE CUREL

Prononcé dans la séance du 8 mai 1919

MONSIEUR,

Je sais que, selon la tradition de l'Académie, le premier objet de votre discours était de dire votre remerciement Vous vous êtes acquitté de ce devoir avec une modestie que je devrais peut-être dénoncer comme excessive. Souffrez pourtant que j'adopte d'abord votre manière de voir. De même qu'en 1874 l'Académie française, en accueillant Alfred Mézières, entendait adresser à la Lorraine mutilée l'hommage de sa fraternelle sympathie et de sa foi invincible dans la réparation nécessaire; de

même, aujourd'hui, la bienvenue que l'Académie souhaite
à un enfant de la Lorraine recouvrée, dit sa joie de voir
enfin reconstituée la famille française, et brisé définitivement l'effort le plus savant et le plus diabolique qui
jamais ait été poursuivi pour dompter et tuer la conscience
d'un peuple.

Mais je ne puis, Monsieur, m'approprier jusqu'au bout
votre sentiment. L'un des traits qui distinguent la
Lorraine et l'Alsace, c'est le nombre extraordinaire
d'hommes supérieurs que, dans leur communion intime
avec la France, ces deux provinces ont engendrés. La
gloire française, partout où elle éclate, est, pour une part
singulièrement large, une gloire alsacienne ou lorraine.
Ce témoignage de l'histoire trouve aujourd'hui, une fois
de plus, sa confirmation. En même temps qu'un Lorrain
fidèle, nous saluons en vous l'un de ces fils d'élite que la
Lorraine a prodigués à la France, et qui ont contribué
à manifester splendidement l'unité de l'âme lorraine et de
l'âme française. Laissez-moi dire, Monsieur, que c'est
vous-même, en même temps que l'enfant de Metz, que
l'Académie est heureuse de recevoir aujourd'hui. Votre
déférence filiale de Lorrain n'en saurait prendre ombrage ;
car, en célébrant vos mérites propres, c'est encore la
Lorraine que nous honorerons.

Que vous possédiez, de la maîtrise littéraire, les deux
conditions maîtresses : le don de nature et la passion
de la perfection, c'est de quoi suffirait à témoigner l'étude,
aussi élégante que profonde, dont vous venez de nous
donner lecture. Comprendre, a dit Raphaël, c'est égaler.

Vous nous avez parlé de notre grand confrère, en penseur, en homme de théâtre, en écrivain, qui est de sa
race. Vous avez pénétré profondément son œuvre, et vous
l'avez, à la lettre, fait revivre devant nous. Ceci est le
miracle de l'art. Votre peinture a la précision exacte de
la science; et, en même temps, elle respire, elle palpite,
elle vit : c'est l'original, s'expliquant et se révélant lui-
même.

Non que l'indépendance foncière de votre jugement
soit absente de cette étude. Mais votre note personnelle
est si bien fondue avec toutes celles que vous faites
jaillir de l'œuvre elle-même, qu'il faut s'appliquer, pour
discerner, çà et là, quelques notables dissentiments.

Vous avez tracé, de votre prédécesseur, un portrait sur
lequel il convient que nous reposions nos regards, et
auquel je me reprocherais d'ajouter la moindre touche.

Pour exprimer, à mon tour, comme j'ai l'agréable
devoir de le faire, la respectueuse admiration et la parti-
culière sympathie que je ressentais pour Paul Hervieu,
je ne vois d'autre ressource que d'insister, par un ou
deux exemples, sur la portée considérable de ses ouvrages,
et de marquer, par là même, le rang qu'il occupe et qu'il
gardera parmi les maîtres de la littérature dramatique.

Il n'est pas surprenant que le drame des *Tenailles*
laisse au spectateur une impression ineffaçable. Peu
importe que la situation soit liée à une législation contin-
gente, qui, en fait, a changé : le problème, au fond, est
le conflit de la nature humaine primordiale avec cette
surnature, que les institutions, notamment les institutions
religieuses, se proposent de substituer à nos tendances

instinctives. La nature, c'est le changement incessant, c'est l'oubli, c'est le mépris des serments; c'est la passion, s'allumant, s'éteignant au hasard, et jouissant de son inconstance même; c'est le passé condamné, pour cela seul qu'il fut, et l'avenir convoité, pour cela seul qu'il n'est pas encore et promet des sensations nouvelles. Un je ne sais quoi, cependant, voix d'un autre monde, proteste en nous contre cet abandon passif de notre être au perpétuel écoulement des choses. Quoi! nos plus chers sentiments seraient, comme la matière brute, le jouet du temps destructeur? Notre vie serait une mort de tous les instants? Et voici que, prêtant l'oreille à cette voix étrange, qui l'appelle à des destinées supérieures, l'homme se prend à rêver des amours éternelles, des gloires qui défient les âges, des créations qui perpétuent à l'infini ses pensées et ses volontés. Il veut la durée pour ses œuvres, et, pour lui, l'immortalité. Il a confié à la religion le soin de réaliser ces espérances, dont, actuellement déjà, il se fait une force et une joie, en ce monde aveugle et décevant. Et la religion a répondu à son désir en instituant les vœux indissolubles. De la nature, qui répugne à la constance, ou de l'esprit, qui met sa gloire à surmonter le changement, lequel l'emportera?

Les sages de l'antiquité classique enseignèrent que la nature était moins noble que l'esprit, et que le devoir de l'homme était d'incliner ses passions devant les lois. Et cette doctrine s'établit dans les sociétés civilisées. Or voici que la conscience moderne la met en question. Elle a dressé, à l'entrée de la morale, une vertu jalouse : la sincérité. L'Irène de Paul Hervieu déclare : « Je crie mon horreur de feindre cette vie de mariage que nous n'avons pas. » Par la sincérité, l'instinct conscient entend se hausser au niveau de l'antique conscience religieuse. Que dis-je? Nous ne sommes plus sûrs, aujourd'hui, que l'éternité soit plus divine que le changement, et nous en venons à nous demander si ce ne serait pas le changement qui serait Dieu.

Si ces doctrines venaient à s'établir, que deviendrait notre civilisation morale, fondée sur l'idée d'une vérité, d'une justice, d'une loi stable et éternelle, dont il nous était prescrit de composer, avec les éléments fluides de notre monde, une image de plus en plus fidèle?

C'est un conflit analogue de la nature avec l'esprit que représente l'admirable pièce : *La Course du Flambeau*. La nature n'a créé la maternité que pour perpétuer l'espèce. Et elle n'a mis dans les cœurs d'autres sentiments que ceux qui vont à cette fin. Mais l'esprit, qui conçoit la justice, et qui voudrait la réaliser, essaie de persuader aux enfants qu'ils doivent de la reconnaissance à leurs parents, qu'ils ont des devoirs envers eux. Et les enfants que notre éducation a formés se sentent attachés et dévoués à leurs parents. Ils ne se connaissent pas. Voici une femme, fille tendre autant que mère affectueuse, que des circonstances cruelles forcent d'opter entre sa mère et sa fille. Sans déchirement, sans hésitation, sans trouble, sans une tentative pour concilier ses deux devoirs, elle opte pour sa fille. Son dévouement à sa mère s'est évanoui soudain, pour faire place à une dure indifférence. Telle est donc, après tant de siècles d'efforts pour nous dépasser, notre condition. Nous nous imaginons qu'il a pénétré dans nos âmes quelque chose de cet idéal que nous nous flattons d'adorer. Mais nos âmes sont restées sous l'empire de la nature, qui, elle, ne sait rien de nos lois de justice et de bonté. Et, quand la réalité nous prend à la gorge, et nous somme d'être nous-mêmes, nous constatons, stupéfaits, que nous sommes demeurés des forces aveugles, jouets passifs d'une insondable destinée.

Exposer ces essentiels problèmes, non en des dissertations abstraites, mais en des scènes vivantes, où palpitent, gémissent et se tordent des êtres pareils à nous; faire parler à ces personnages un langage chargé de pensée et de passion, merveilleusement juste, fort et expressif, à travers telles constructions laborieuses qui disent elles-mêmes l'âpreté des luttes qu'elles traduisent; répandre le charme austère d'un art voué au vrai sur le fond tragique de notre existence d'hommes: ce fut l'œuvre de Paul Hervieu. N'est-il pas permis de dire qu'elle le range dans la famille des grands scrutateurs de la destinée humaine : les Eschyle et les Sophocle, les Shakespeare, les Corneille et les Racine?

Ce grand méditatif était le plus simple et le plus charmant des hommes. Et, comme le redisent à l'envi tous ceux qui l'ont vu de près, dans son exquise politesse rien n'était donné à la complaisance. En la moindre chose, il cherchait le juste et le vrai. Les affaires de l'Académie lui étaient particulièrement chères, et il s'en occupait avec un zèle constant. Non qu'il se plût à mesurer son influence personnelle. Mais il avait de l'Académie française une haute idée, et il souhaitait que ce témoin séculaire du génie de la France demeurât digne de sa grande mission.

Hervieu se rendit en 1908 à Berlin, pour y conférer sur la propriété littéraire. Combien, dans ce milieu où s'exhalait de toutes parts la quintessence de la pensée germanique, il dut se confirmer dans son estime pour l'Académie! La *Kœnigliche Akademie der Wissenschaften* trouvait plaisante la prétention qu'avait l'Académie française de travailler à la rédaction du Dictionnaire. Eh quoi! Un groupe de beaux esprits, dans des conversations de salon renouvelées des *Précieuses*, se croyait autorisé à résoudre les problèmes les plus abstrus de la philologie et de l'archéologie? Seuls, les spécialistes ont qualité pour aborder de pareilles tâches. Un dictionnaire ne peut être composé que par un comité de philologues.

Toute la différence qui sépare l'esprit allemand de l'esprit français est incluse dans ce jugement. Les Allemands ne conçoivent le savoir que sur le type des sciences physiques. Ils entendent que tout ce qui est soit réductible à un pur mécanisme. Et ils se glorifient de considérer toutes choses de ce point de vue. Mais les Français cultivent, en même temps que l'esprit de géométrie, l'esprit de finesse, cette sorte de pénétration vivante du réel, qui discerne les replis et les nuances des choses, là même où échouent les plus parfaits procédés de mesure du géomètre. Les Allemands veulent que, pour déterminer le sens des mots, on s'enfonce toujours plus profondément dans les arcanes de l'étymologie. Nous restons fidèles, nous, au principe classique : l'usage, cette règle vivante et suprême du langage, disait Horace. Or, pour enregistrer l'usage actuel des honnêtes gens, qui nierait que l'Académie française ne soit qualifiée? Cette méthode, dit-on

à Berlin, n'est pas scientifique? En fait, elle n'exclut
nullement la science, tout au contraire; mais elle s'y
ajoute, comme, dans une plante, la vie s'ajoute aux forces
physico-chimiques. Cette union intime de la science et du
tact, de la logique et du jugement, de la discipline et du
sentiment, du mécanisme et de la vie, est précisément
le trait qui, dans le duel sans pareil que nous venons de
soutenir, a distingué nos armées de celles de l'ennemi.
Et l'histoire expliquera comment ce n'est pas le mécanisme scientifique, si prodigieusement qu'il eût été déve-
loppé, c'est l'âme, c'est la pensée, c'est le jugement,
c'est le cœur, qui, finalement, a vaincu.

Combien Paul Hervieu eût apprécié une telle victoire;
combien elle eût adouci l'âpre douleur que lui avait
apportée la guerre; et avec quel enthousiasme il se fût
associé au sentiment de l'Académie, estimant que, puisqu'elle est gardienne de l'esprit français, il lui appartenait d'inviter à entrer dans ses rangs les hommes qui, pla-
cés à la tête de l'armée ou à la tête du gouvernement, ont,
pour une si large part, procuré la victoire, en déployant,
dans toute leur puissance et dans toute leur beauté, les
plus authentiques vertus du génie de la France.

Le théâtre de Paul Hervieu était essentiellement classique : l'auteur y disparaissait presque devant l'œuvre.
Il ne semble pas, Monsieur, qu'il en soit de même du
vôtre. Vous-même nous avertissez que votre préoccupa-
tion constante est de traduire votre expérience personnelle. Ce n'est donc pas simplment pour me conformer à
la tradition, comme il est toujours sage de le faire, c'est

pour me mettre en mesure de vous comprendre, que je
vais commencer par vous raconter l'histoire de votre vie.

Vous naquîtes, Monsieur, le 10 juin 1854, à Metz,
d'une ancienne famille lorraine. Un de vos ancêtres
accompagna aux Croisades le Sire de Joinville en qualité
d'écuyer. Un autre fut colonel du génie sous Napoléon Ier,
et remplit la fonction de directeur des fortifications de
Sarrelouis et de Metz. Votre mère était une Wendel.
Elle appartenait à cette laborieuse famille qui, depuis
1700 environ, possédait les forges de Hayange près Thion-
ville, et tenait une place considérable dans la métallurgie
française. J'oubliais de dire qu'un de vos ancêtres fut
un grand chasseur : de celui-là aussi, vous sentez que
quelque chose a passé en vous.

Vous fîtes vos études au Collège des Jésuites de
Metz. Ils vous ont fort bien enseigné, entre autres
choses, le latin, le grec, et la littérature française jusqu'au
XVIIIe siècle exclusivement. Ils vous ont donné une
excellente éducation morale, solide et délicate. Comme
jadis Descartes, vous ne parlez de vos maîtres jésuites
qu'avec une pieuse reconnaissance. Ils vous ont sûrement
enseigné le patriotisme, et la foi dans la puissance de la
volonté au service du devoir. Car, parmi les élèves de
ces Pères, je trouve deux hommes qui sont aujourd'hui,
en ce sens, l'honneur de notre pays : l'un, exemple sai-
sissant de ce que peut la volonté, personnification de
la vaillance et de l'énergie, capable d'opposer à des forces
très supérieures la résistance la plus habile et la plus opi-
niâtre : le général de Maud'huy ; l'autre, dont le monde
compare aujourd'hui le génie militaire avec celui de

Napoléon, et qui, par la noblesse et la générosité de son caractère comme par la souple puissance de son intelligence, est définitivement classé comme l'un des plus grands entre les Français, l'un des plus grands entre les hommes : le maréchal Foch.

Porté vers les lettres, mais goûtant également les sciences, vous cédâtes aux conseils de vos parents, qui souhaitaient de vous voir prendre part à la direction des forges de Hayange, et vous entrâtes à l'École Centrale, en 1873. Vous étiez déjà un ami des lettres et une conscience formée au culte des idées morales : vous voici, en outre, un industriel. Vous aviez besoin de savoir l'allemand, et vous ne trouviez, autour de vous, aucune occasion de parler cette langue. Dans ce pays, que les Allemands avaient revendiqué comme foncièrement allemand, vous ne trouvez, si haut que vous remontiez dans vos papiers de famille, que des documents français. Vous allâtes donc dans l'Allemagne allemande pour y acquérir la pratique de la langue. Puis vous vous disposâtes à entrer dans la direction des forges familiales. Les Allemands vous refusèrent le permis de résidence à cause de votre âge.

Ainsi vous étiez désormais un étranger dans votre pays d'origine. Vous dûtes résider habituellement en France, alors que votre cœur, en même temps que français, demeurait lorrain. Cruel déchirement! Ne le regrettez pas, Monsieur! Lorsque deux parents se retrouvent après une longue séparation, il arrive qu'à l'explosion de joie que provoque la réunion succède, quelque temps après, une impression d'étonnement et d'embarras. On s'avise de différences auxquelles on ne s'attendait pas, et qui tiennent aux conditions divergentes dans lesquelles on a vécu de part et d'autre.

Rien de tel, quant à l'ensemble, entre la France et l'Alsace-Lorraine. Il semble aujourd'hui que la séparation n'ait duré qu'un jour. Or, cet heureux événement a sa cause, non seulement dans la profonde unité morale qui rend indiscernables la France d'en deçà des Vosges et la France d'au delà, mais encore dans l'influence exercée, depuis 1871, par ces Alsaciens et ces Lorrains qui, comme vous, Monsieur, ont maintenu la communication entre les tronçons disjoints de la patrie. C'est grâce à eux, pour une large part, que s'est conservée intacte l'entente et l'amitié, non seulement des Français et des Alsaciens-Lorrains, mais des Alsaciens de Strasbourg et des Alsaciens de Belfort, des Lorrains de Nancy et des Lorrains de Metz. Et ainsi vos pareils, Monsieur, ont grandement contribué à démontrer au monde que l'unité de tous les Français n'est pas seulement historique, virtuelle, géographique, inconsciente, mais qu'elle est voulue, consciente, cordiale, et aussi actuelle aujourd'hui qu'en 1870.

Traversé dans vos projets par la destinée, vous vous en remîtes à cette même destinée du soin de régler votre avenir. Elle ne vous imposait aucune obligation. Elle partageait votre existence entre la solitude des forêts et les élégances de la société parisienne. Vous fûtes un chasseur convaincu, digne de vos ancêtres; vous vous adonnâtes aux courses folles dans les forêts, et aussi à la rêverie, à l'observation, à la réflexion, dans le monde et dans la solitude. Votre esprit est prodigieusement actif :

un mot d'enfant, à propos d'un coucou qui chante, fait
lever dans votre cerveau toute une philosophie. Votre vie
ne fut nullement, comme il vous semble, celle d'un oisif.
Le travail de la pensée est du travail.

D'ailleurs, comme il arrive toutes les fois que la pensée
est intense, vous brûliez d'exprimer vos idées, de les traduire en des œuvres qui les communiqueraient au monde,
et, qui sait? de parvenir, peut-être, à cette gloire littéraire
qui vous apparaissait comme la plus haute de toutes.

Vous vous essayâtes au roman. Vous échouâtes. Vous
ne perdîtes pas courage. Vous cherchiez votre voie. Un
point, du moins, était pour vous acquis : jamais vous
n'aborderiez le théâtre. Celui-ci a ses lois. Il veut la rapi-
dité, l'effet, la coupure, la concentration. Mais vous vous
plaisiez, vous, aux minutieuses analyses psychologiques.
Vous vouliez pénétrer le fonds et le tréfonds des âmes.
Vous entendiez nous connaître, comme nous ne nous
connaissons pas nous-mêmes. Quelle apparence que cette
partie invisible du prisme psychologique puisse fournir
la matière d'un spectacle scénique?

Vous aviez soigneusement travaillé un grand roman,
Le Sauvetage du Grand-Duc, et vous attendiez les appré-
ciations des critiques avec une certaine anxiété. Or, voici
ce que vous lûtes dans *L'Observateur français* du 25 avril
1889, sous la signature de Charles Maurras : « Un mal-
heureux vaudevilliste perdu dans la toge du romancier,
voilà M. de Curel... Au théâtre, Monsieur de Curel, au
théâtre! »

A la lecture de cet étonnant article vous vous écriâtes :
« Et pourquoi pas? » Subitement vous vous aperçûtes

que vous n'étiez pas l'observateur enfermé en lui-même
que vous croyiez être. Vous vous appliquiez à considérer
les choses sous différents angles. Et c'était en se repré-
sentant à vous, épousées par des personnages distincts de
vous, que vos idées vous intéressaient et prenaient tout
leur développement. Vous vous engageâtes donc avec une
ardeur confiante dans la voie que vous indiquait M. Maurras. Et bientôt vous frappiez à la porte de la Comédie
Française et de l'Odéon. Impossible ! vous fut-il répondu.
Une psychologie aussi compliquée n'a pas sa place au
théâtre, non pas même au théâtre Antoine. Or, c'est précisément au hardi et intelligent créateur du Théâtre-
Libre, à l'homme qui a si bien compris que tout ce qui
vit évolue, et que, même au théâtre, nulle formule n'est
définitive, c'est à ce mauvais coucheur d'Antoine, voué
d'abord au théâtre réaliste, que nous devons l'illustre
auteur dramatique, le héros du théâtre d'idées, François
de Curel. Vous envoyâtes à Antoine votre *Figurante*,
qu'avait rejetée la Comédie Française. Il vous répondit :
« Vous êtes incontestablement auteur dramatique tout de
bon. » Ainsi fûtes-vous consacré au théâtre.

A la lumière de ces documents biographiques, je vais
essayer, Monsieur, de déterminer le sens et la portée de
vos ouvrages.

Je vais essayer... Mais voici qu'à mesure que je médite
sur cette tâche, un doute m'envahit. Je me suis doci-
lement conformé à l'usage, aux enseignements des maîtres,
à vos propres directions, en étudiant l'auteur, pour être à
même de comprendre l'œuvre. Mais est-ce que, vraiment,

je dois, à toute force, trouver l'explication du contenu de
vos pièces dans votre hérédité, votre éducation, votre
genre de vie, votre caractère? Sans doute, dans cet ordre
d'idées, je pourrai faire des remarques telles que celles-
ci : Il est question de futaies dans *Les Fossiles*, de nénuphars dans *La Nouvelle Idole*, de minerais de fer dans le
Repas du Lion, de la Messe dans *La Comédie du Génie*.
Or, précisément, tel ou tel point de la biographie de
M. de Curel explique très bien comment il a pu être
familiarisé avec les futaies, les nénuphars, les minerais
de fer, ou la Messe.

Je pourrai encore, creusant mon sujet de plus en plus,
retrouver, dans votre expérience, extérieure et intérieure,
le thème de tant d'admirables drames de sentiments et
d'idées, qui, à chaque pas, nous émeuvent dans vos
ouvrages.

Suis-je sûr, cependant, que de telles recherches suffi-
ront à me faire saisir tout ce qu'il y a dans votre œuvre?
Puis-je savoir *à priori*, s'il ne s'y rencontrerait pas quelque trait qui ne se laisserait pas ramener aux données
fournies par votre biographie? Ce qu'on appelle génie
n'est-il pas, précisément, la puissance de créer des œuvres
qui ne sont pas de simples résultantes mécaniques des
conditions au milieu desquelles elles ont pris naissance?
Je ne vois pas bien pourquoi je devrais m'imposer une
méthode qui, d'avance, me condamnerait à méconnaître
ce que votre théâtre peut contenir de génial.

Je sais que vous aimez à nous démontrer que nos plus
fermes croyances ne sont que des illusions. Laissez-nous
Monsieur, l'illusion de la réalité du génie. En présence

de certaines œuvres, c'est la critique elle-même, à mesure qu'elle se fait plus fine et plus exacte, qui transforme cette illusion en conviction raisonnée.

Il m'est impossible, pour apprécier votre œuvre, de me borner à fouiller le livre de votre vie. Mais voici que j'ai la bonne fortune de voir venir à mon aide le plus autorisé des guides, à savoir vous-même. Habile à vous dédoubler, psychologue subtil, observateur curieux et impartial, quel que soit le sujet de votre observation, vous expliquez à merveille l'origine, la composition, l'intention et le sens de vos pièces. Combien précieuses de telles lumières ! Pardonnez, cependant, à mon impertinente franchise. Vous-même, Monsieur, vous-même, je me demande si vous êtes compétent pour expliquer vos pièces.

Vous nous confiez, avec une bonne grâce exquise, que, de temps en temps, vous regardez curieusement marcher devant vous vos personnages, que vous les écoutez et dialoguez avec eux ; que parfois, ils vous surprennent par leur désinvolture et leur indépendance. Ceci est le signe d'élection. Vous êtes un auteur dramatique, parce que vous créez des êtres qui vivent. Le propre de la vie, comme disait Platon, c'est de se mouvoir par soi. En vain subsiste-t-il en vous quelque chose de la faiblesse du père, qui voudrait que son fils, tout en grandissant, demeurât une partie de lui-même. L'enfant s'émancipe et suit sa voie. Il en est de même des créations du génie. Non seulement Alceste n'est pas Molière, mais Molière lui-même n'est pas maître des pensées d'Alceste. Alceste vit. Son âme, son secret sont à lui. Et les grands comédiens n'ont pas tort d'en chercher, aujourd'hui encore,

des interprétations nouvelles. La singularité du génie
consiste à créer quelque chose qui lui échappe, qui vit
par soi, qui, par soi, durera en évoluant et se diversifiant,
comme tout ce qui vit réellement; et qui, à son tour,
pareil à une semence jetée dans un sol propice, suscitera,
dans d'autres cerveaux de génie, des créations nouvelles,
non moins participantes de l'énergie infinie et inépuisable
que dispense à ses élus le Créateur des créateurs.

Si donc nous voulons pénétrer jusqu'au cœur des
grandes œuvres, il nous faut, certes, pousser nos recherches aussi avant que possible par l'emploi de tous les
moyens dont nous disposons. Mais une dernière démarche
reste nécessaire, pour laquelle nous n'apportons guère
que notre désir et notre bonne volonté : celle que Pascal
a caractérisée par ces mots : « S'offrir, par les humilia-
tions, aux inspirations. » S'agit-il d'une pièce de théâtre?
Ayant assisté, avec abandon, à la représentation de la
pièce, à sa représentation non seulement réelle, mais
idéale, ayant vibré avec les personnages et avec le public,
ayant vécu le drame, tandis qu'il se déroulait devant
nous, rentrons ensuite en nous-même, faisons silence,
écoutons. Si nous en sommes dignes, l'œuvre nous par-
lera, ouvrira notre intelligence, et nous dévoilera
quelque chose de la pensée infinie dont elle est la révéla-
tion.

Je vous ai averti, Monsieur, que je ne tiendrais qu'un
compte restreint de vos propres jugements sur vos
ouvrages. Vous ne vous étonnerez pas si je me hâte
d'user, sans votre aveu, de la liberté que je me suis attri-

buée : c'est la méthode moderne d'acquérir une liberté.

Vous prétendez que vos romans ne valent rien. En êtes-vous bien sûr, Monsieur?

Je trouve dans *Le Sauvetage du Grand-Duc*, avec la fantaisie d'une libre, riche et brillante imagination, des qualités rares d'observation, d'ironie, de drôlerie à base d'amertume, d'élégance, d'esprit, de naturel. J'y trouve le sens des situations, le langage de chaque personnage constamment approprié à son caractère; j'y trouve le dialogue scénique, où l'on se répond, bien différent de la conversation réelle, qui, en général, consiste à s'écouter parler devant quelqu'un. M. Maurras a si bien jugé, que son exhortation, en vérité, était inutile. Pour aller au théâtre et pour y exceller, vous n'aviez, Monsieur, qu'à devenir vous-même.

Un obstacle, pourtant, se dressait devant vous, et c'est de vous qu'il surgissait. Passionné pour l'analyse psychologique et pour les idées, vous entendiez, si vous composiez des pièces de théâtre, écrire des drames d'idées. Mais ces deux mots ne jurent-ils pas de se trouver ensemble? Drame veut dire action, idée veut dire représentation intellectuelle. Chacune des deux se suffit, et c'est séparément que l'on prend part à une action par la sympathie, et que l'on suit un développement d'idées par la réflexion. En présence d'un drame d'idées, le spectateur sera coupé en deux. Ou il s'intéressera à l'action, et trouvera gênantes les théories qui s'y superposent, ou il s'absorbera dans les déductions du penseur, et il oubliera l'action.

Il ne semble pas, Monsieur, que vos craintes fussent

entièrement chimériques, car les directeurs des théâtres et une partie du public parurent les confirmer. Et pourtant, on ne peut dire que votre dessein fût absolument nouveau et paradoxal. Je ne crois pas me tromper en remarquant que *Les Euménides* d'Eschyle, qui datent de plus de deux mille ans, et où est mis en scène le conflit de la justice-vengeance et de la justice-équité, sont un drame d'idées. Et n'est-ce pas un drame d'idées parfaitement authentique que *Hamlet*, où se débat la question de savoir si la pensée et l'action sont conciliables, ou s'excluent radicalement l'une l'autre?

On nous avait habitués à ne voir dans les idées que des symboles fabriqués par l'esprit pour essayer de s'expliquer les choses. Et, dès lors, on leur refusait toute influence sur les événements. La formule qui exprime le cours d'un astre influe-t-elle sur ce cours lui-même? De ce point de vue, l'auteur dramatique qui se flatterait de prendre son public aux entrailles avec des idées serait comparable à un amphitryon qui penserait rassasier ses convives en leur offrant des images de natures mortes.

Mais cette doctrice d'école est artificielle. Les idées ne sont pas de vains reflets des choses. Elles-mêmes sont des choses. Et elles peuvent agir, mouvoir : elles peuvent exalter nos amours, tendre nos volontés, concentrer et mettre en branle nos énergies. Témoin le grand drame qui vient de se jouer sur la scène du monde, et dont les protagonistes étaient, non des individus ou des groupes d'individus, mais des idées : l'idée du despotisme et l'idée de la liberté, l'idée de la violence et l'idée du droit, l'idée allemande et l'idée humaine.

De plus en plus délibérément, si nous voulons recueillir les fruits de nos immenses sacrifices, nous devrons vivre, non seulement d'instincts, de sentiments, d'impulsions, si généreuses soient-elles, mais d'idées. Votre théâtre, Monsieur, est notre théâtre.

Honneur à l'opiniâtreté de Lorrain et à la foi de poète que vous avez opposées aux théories des habiles et à l'inexpérience du public! Par votre dédain du succès facile vous avez marqué, à tout jamais, votre place dans l'histoire des grandes révolutions du théâtre.

Il est entendu qu'une pièce, ni ne se raconte, ni ne se juge. La seule question est de savoir si, en la voyant représenter, on est ému, saisi, aliéné de soi et absorbé dans la vie des personnages. Il ne me semble pas douteux que la plupart de vos ouvrages ne réalisent cette condition. Combien, en effet, sont poignantes et dramatiques les idées que votre talent, si vigoureusement, a incarnées en des êtres pareils à nous!

Julie, dans *l'Envers d'une Sainte*, tourmentée par la jalousie et par le remords, a, pendant plus de vingt ans, demandé la guérison à la discipline sévère et absorbante du Couvent. Elle échoue. La grâce lui a manqué. Elle attendait d'une pression extérieure un effet qui ne pouvait résulter que d'un travail interne, d'une secrète conversion du cœur. Faillite de la pratique que ne soutient pas l'action intérieure : voilà *l'Envers d'une Sainte*.

La Figurante, c'est la faillite de l'habileté en face de l'amour : sujet éternel, qui signifie, lui aussi, qu'il y a, dans les forces qui jaillissent de l'âme, un je ne sais quoi

où les inventions de l'intelligence la plus avisée ne peuvent atteindre. Amour, calcul : deux incommensurables.

Les Fossiles, c'est la faillite des efforts, tour à tour
mesquins et sublimes, que fait une famille de vieille
noblesse pour subsister dans notre monde. L'hérédité de
l'honneur : quoi de plus admirable? Mais la démocratie
est en marche, niveleuse impitoyable. Et, grands ou ché-
tifs, ces thuriféraires d'un passé condamné sont des fossiles.

L'Invitée, c'est la faillite de l'indépendance, chez des
époux qui se sont séparés pour vivre chacun leur vie. Cette
vie est triste, incurablement triste. Et le problème de l'éducation et du sort des enfants est radicalement insoluble.

Dans quels abîmes de réflexions ne nous plonge pas
votre poignant *Repas du Lion*? Voici un village qui a
conservé sa physionomie séculaire. De fraîches prairies
l'environnent, et des bois, résonnant de notes claires et
riches en gibier. Une source cristalline serpente, et
tombe, en scintillante cascade, dans le Trou de la Fée.
Survient un visiteur : le Progrès. Dans le sous-sol de la
région gisent des minerais de fer. Donc, les forêts feront
place à des usines, la source sera captée, le Trou de la
Fée produira une force de quarante mille chevaux. Trans-
formation inéluctable. Pourquoi, d'ailleurs, les enfants
du pays la regretteraient-ils? La joie de l'homme, c'est de
produire; et l'exploitation industrielle de la région va la
rendre un million de fois plus productive. « Hélas ! sou-
pire Jean de Miremont, aimer une chose, c'est, en
quelque façon, la créer. » Cette nature, où l'homme avait
versé son âme, il en avait fait un être spirituel, dont il
ne se distinguait plus. En face de ses bois, que l'industrie

massacre, il est comme une mère dont on égorge les
enfants. Et c'est là, d'un bout à l'autre du globe, le destin
de l'humanité. C'est une sensation de mort que le progrès lui apporte. Bientôt, cependant, absorbé par l'action,
et n'ayant plus le temps de rentrer en lui-même, l'homme
modèle ses sentiments sur cette action même, et chante
triomphalement la nature vaincue et transformée tout
entière en un champ d'exploitation industrielle.

Ce triomphe ne va pas sans heurts. L'industrie moderne
accroît l'inégalité des conditions humaines, et rend d'autant plus douloureuse la situation des humbles. Pour
guérir ce mal, toutefois, ne possédons-nous pas un
remède infaillible : la charité chrétienne? Qu'elle était
belle, en effet, jadis, tendre, dévouée, délicate, infinie, et si
efficace! Mais notre siècle n'en veut plus : il la hait; c'est
elle, principalement, qu'il est jaloux d'exterminer. La
charité, c'est l'humiliation et la dépravation du pauvre.
Et c'est, chez le riche, le calcul sournois, l'égoïsme mas-
qué, le pharisaïsme, la domination hypocrite, la peur dissimulée. Une seule attitude est digne d'un homme libre :
la revendication de son droit.

Devant la faillite de la charité, à quel moyen recourir?
Les hommes cherchent tumultueusement. La seule solution réellement pratique qu'ils aient trouvée jusqu'ici est
la suivante :

Lorsqu'au fond du désert le lion annonce par ses
rugissements qu'il se met en chasse, les chacals accou-
rent en masse pour dévorer les restes de son carnage.
Pareillement, le patron digne de son rôle tire des fonds
qu'il exploite des revenus immenses; et les ouvriers, ses

collaborateurs, à l'instar des chacals avides, se nourrissent de son superflu : leur égoïsme profite à servir son égoïsme. Ou la charité chrétienne, ou le déchaînement du surhomme : telle est l'alternative. Le surhomme représente le progrès.

Dans *La Nouvelle Idole*, la vertu chrétienne brille de tout son éclat. Une enfant, qu'inspire sa foi naïve, fait en souriant le sacrifice de sa vie. La science entend se montrer capable d'un égal héroïsme; et voici qu'un savant qui a tué par imprudence se tue lui-même, pour se punir. Mais ce savant a gardé des scrupules dont il ne sonde pas l'origine. A côté de lui travaille un autre savant, son élève, un pur savant, celui-là, qui ne croit qu'à ses expériences de laboratoire. Et ce véritable serviteur de la Nouvelle Idole prend en pitié les scrupules de son maître. Pour que les nénuphars qui habitent les bas-fonds réussissent à percer la couche d'eau en-dessous de laquelle ils ne peuvent s'épanouir, il est nécessaire que leurs tiges grandissent et se dressent. Mais d'elles-mêmes elles n'y parviendront pas : il y faut l'action du soleil, l'action d'en haut.

La *Fille Sauvage*, c'est l'épopée de l'humanité. L'homme est péniblement sorti de la brute. Il a été civilisé par la religion. Devenu, par elle, intelligent, il a créé la science. Celle-ci, une fois adulte, tue la religion, et, avec elle, la spiritualité qui faisait la noblesse de la civilisation. L'homme retourne donc à l'animalité, avec la science comme instrument, pour procurer la toute-puissance à ses instincts de primitif.

C'est encore l'idéal soulevant l'humanité que nous

montre votre *Coup d'Aile*, hymne au drapeau, à la patrie, à la gloire. Cette pièce ayant été médiocrement accueillie, vous oubliâtes le brillant et franc succès de *L'Envers d'une Sainte*, de *L'Invitée*, du *Repas du Lion*, de *La Nouvelle Idole*, etc.; vous négligeâtes le témoignage des juges les plus fins et les plus sûrs; et, doutant de vous-même, ainsi que vous y porte votre caractère, vous rentrâtes dans l'ombre. Cependant, les protestations, de plus en plus énergiques, des amis de la haute littérature finirent par vous arracher à votre retraite. Et, en 1914, vous rentriez triomphalement en scène avec *La Danse devant le Miroir*, comédie de l'amour qui, sincèrement, feint et se compose pour plaire, et qui se perd par son artificieuse générosité.

Il semble — mais je m'assure que l'avenir me fera mentir — il semble que vous ayez voulu donner à votre œuvre une conclusion par votre pièce récente : *La Comédie du Génie*. Vous y posez cette alternative : génie ou succès, entre les deux il faut opter. Le génie crée, innove, ignore les idées reçues, les habitudes chères à notre paresse, les conventions sacro-saintes : donc, il n'est pas compris, et il est voué à l'isolement. Le succès, lui, va à l'ouvrage facile à saisir, conforme aux goûts et aux préoccupations du public, coulé dans les moules que celui-ci connaît et admire; il se détourne donc du génie. Et pourtant, que vise le génie, sinon l'approbation des hommes? Et est-il concevable qu'un succès soit durable et de bon aloi, si l'œuvre ne possède quelque trait de véritable grandeur? Génie, succès : antinomie insupportable, que nous devons à tout prix chercher à surmonter.

Comment briser la barrière qui semble séparer le génie du succès? Longtemps vous sondâtes le troublant problème, cherchant quelles expériences devait se donner le génie pour se rendre capable de communier avec les foules. Vos efforts demeurèrent vains jusqu'au jour où vous réfléchites sur une cérémonie religieuse dont vos maîtres de Metz vous avaient admirablement expliqué le sens : la Sainte-Messe. La Messe est un drame, le plus sublime des drames. Le prêtre y représente le Sauveur, tel que le figurait l'art des premiers chrétiens. Le prêtre est un acteur. Et les fidèles, eux aussi, sont des acteurs. « Groupés autour de Jésus, ils implorent la vie éternelle en échange du martyr d'un Dieu. Le génie de Jésus, c'est l'amour, et l'humanité répond par l'amour. Sur l'autel, nous voyons Jésus, nous le touchons, nous le portons à nos lèvres. Sa tendresse a réalisé le miracle de la présence réelle. »

Sublime vision! Redescendons sur terre, et nous entrevoyons la solution de l'obsédant problème. Le génie et la foule ne doivent pas être entre eux comme un acteur et des spectateurs, tels qu'on les conçoit communément. Il faut que celui-ci et celui-là soient tous deux acteurs au même titre; il faut que l'œuvre naisse d'une collaboration intime et effective du public et de celui que l'on appelle l'auteur. Comment cette collaboration s'opérera-t-elle? Par l'amour, par cet amour vrai, donc créateur, que suscite entre les hommes la poursuite en commun d'un haut idéal. L'homme de génie est un prêtre. Il se donne pour nous, et nous nous grandissons en participant à sa sainte offrande.

Ainsi conclut, si je ne me trompe, la pièce qui commençait par ces mots badins : « Comment, toi!... Et ta répétition? »

Il me paraît inutile, Monsieur, de me livrer à une laborieuse recherche pour rendre compte de la fortune qu'ont rencontrée vos ouvrages, toujours si vrais, si nourris du suc de votre curieuse expérience personnelle, si pittoresques, variés, vivants, pleins d'idées longuement méditées; riches en analyses passionnées de sentiments tour à tour exquis, violents ou subtils; écrits dans une langue si constamment pure et gracieuse, spirituelle et colorée, qu'on la dirait presque trop soignée pour la scène, si elle n'était, en même temps, impeccablement naturelle.

Votre succès se peut définir d'un mot : c'est la consécration d'ouvrages qui planent au-dessus du temps.

Pardonnez-moi, toutefois, Monsieur, si m'arrachant, pour un instant, au charme dont vous m'enveloppez, j'essaie de me ressaisir, et de confronter les impressions que votre théâtre nous laisse avec les exigences de la vie que nous vivons, en particulier avec les devoirs que l'état actuel du monde nous impose.

Vous avez abordé la plupart des problèmes qui nous oppressent; et, à propos de presque tous, vos drames concluent : faillite, contradiction, énigme, fatalité, absurdité, illusion, misère. Ainsi est apparu le monde à l'auteur dramatique qui est en vous; et, certes, sa vue a porté très loin. Les antinomies que vous mettez en scène, ne sont que trop réelles; et les luttes, plus violentes et générales peut-être que jamais, auxquelles l'humanité est en proie, montrent assez que les problèmes, d'où dépend la direction de notre vie sont loin d'être résolus.

Il est très naturel et légitime, que Molière ne se prononce pas entre Alceste et Philinte, puisqu'aujourd'hui même, le monde n'a pas fait son choix entre les deux conceptions de la vie de société que ces personnages représentent. Pareillement, nous n'attendons pas du théâtre actuel qu'il nous apporte, sur les rapports de la science et de la religion, de la charité et de l'égoisme, de la sincérité et de la vie, du bonheur et du progrès, ces clartés décisives que les plus habiles ne réussissent pas à nous fournir. Peintre, vous nous présentez, de votre modèle, une image d'une ressemblance saisissante : que pourrions-nous vous demander de plus?

D'ailleurs, celui-là, certes, s'abuserait, qui croirait voir régner dans votre œuvre un dilettantisme indifférent. D'abord, ce n'est pas avec une complaisance d'ironiste amusé, c'est avec la sympathie vibrante d'un cœur d'homme que vous sondez nos misères. Puis, si vos conclusions sont incertaines et tristes, comme celles que, si souvent, paraît nous dicter la réalité elle-même, le ton général de votre théâtre est sérieux, viril, propre à fortifier les courages, et non à les déprimer. Et je ne m'étonne pas que nombre de jeunes gens, admirateurs de votre théâtre, se soient distingués, à la guerre, par leur intrépidité réfléchie et leur puissance de sacrifice.

Il est impossible, toutefois, que nous nous résignions à considérer comme d'intéressants sujets de drame ou, encore, comme d'insolubles et vaines énigmes, bonnes à faire déraisonner les philosophes, les terribles questions

qu'agite votre théâtre. C'est bien nous qui sommes ici
en cause ; ce sont nos intérêts les plus chers, c'est notre
existence et notre dignité d'hommes. C'est pourquoi nous
ne pouvons, comme hommes, nous satisfaire des conclusions indécises où l'art a le droit de se renfermer.

Nous voulons vivre dignement : c'est-à-dire que nous
voulons consacrer notre vie à faire vivre et grandir ce qui,
en ce monde, mérite de subsister et de prospérer : telle,
par exemple, cette patrie, que nos pères nous ont léguée
glorieuse, et que nos soldats viennent de faire sublime.
Or, pourrions-nous, poursuivant de telles fins, vivre de
déceptions, d'antinomies, de dilemmes désespérants ou,
encore, d'illusions séduisantes, que nous n'oserions creu-
ser, de peur d'en découvrir l'inanité ? Nous ne pouvons
vivre que de foi sincère et d'espérance fondée. Et ainsi, en
dehors de la sphère où, librement, l'art déploie ses puis-
sances, nous avons le droit et le devoir de chercher des
points d'appui pour cette vie d'action noblement utile,
sans laquelle nous ne pouvons subsister avec honneur.

Loin de moi la prétention de soutenir que les idées
morales, politiques et religieuses puissent se démontrer à
la manière des vérités mathématiques ou physiques. Elles
ne sont pas sans fondement, toutefois ; et, comme l'a dit
Pascal, ce qu'on appelle cœur, foi, inspiration, amour,
si l'on prend ces mots dans leur sens relevé, est encore
intelligence, raison, vérité en quelque manière. Non, ce
n'est pas pour de brillantes chimères que nous avons
versé le plus précieux de notre sang, et exposé, sans
retour sur nous-mêmes, notre pays à la ruine. La majesté
du vrai et du juste, et non pas seulement le feu follet d'un

beau rêve, dirigeait nos pensées et exaltait nos sentiments. C'est pourquoi notre victoire n'aura pas été le miracle inouï, mais éphémère, d'un peuple que transporte hors de lui-même une passion grandiose. Elle est le fruit de la pensée réfléchie comme de l'élan du cœur. Elle durera donc, et elle continuera son effet à travers les luttes nouvelles, qui, peut-être, naîtront de nos victoires mêmes. L'action efficace, en ce monde, n'appartient, ni à l'impulsion irréfléchie et sans lendemain de la passion, ni à la pensée contemplative du rêveur qui plane au-dessus de la mêlée, mais bien à l'union harmonieuse et indissoluble de la réflexion et de l'effort, de la foi et de la pensée, de l'amour et de l'énergie. Demain comme hier, soyons vraiment hommes, c'est-à-dire osons être les collaborateurs de Dieu, de ce Dieu, exempt d'envie, qui, en revêtant l'humanité pour nous unir à lui, nous a appelés à faire, avec lui, descendre sur la terre la justice et la paix.

Paris. — Typ. de Firmin-Didot et C⁰ᵉ, imprimeurs de l'Institut, 56, rue Jacob. — 56737.